MONOT

LE

TUEUR D'HYÈNES

LIBRAIRIE DE J. LEFORT

IMPRIMEUR, ÉDITEUR

LILLE
rue Charles de Muyssart, 24

PARIS
rue des Saints-Pères, 30

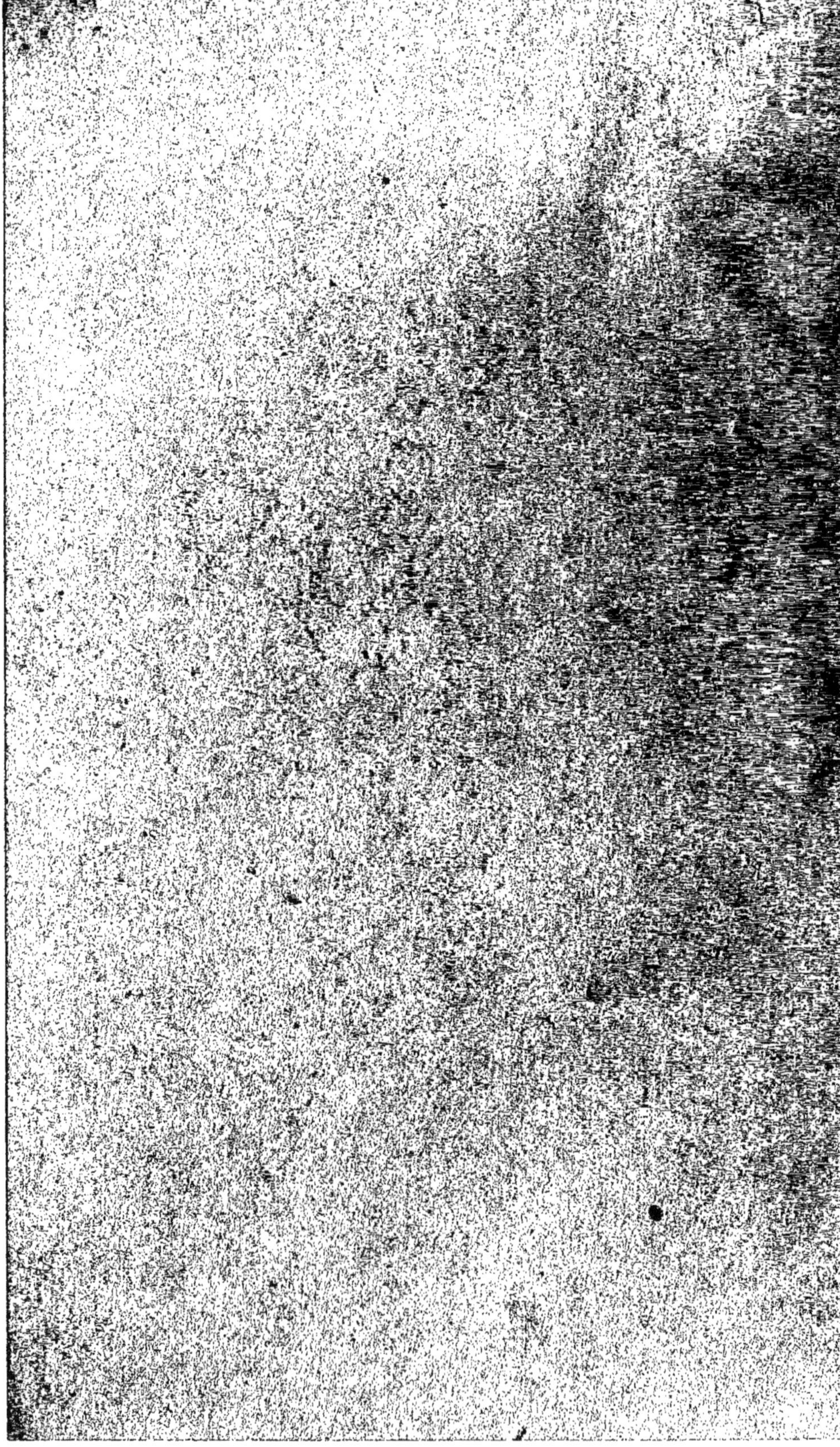

LE

TUEUR D'HYÈNES

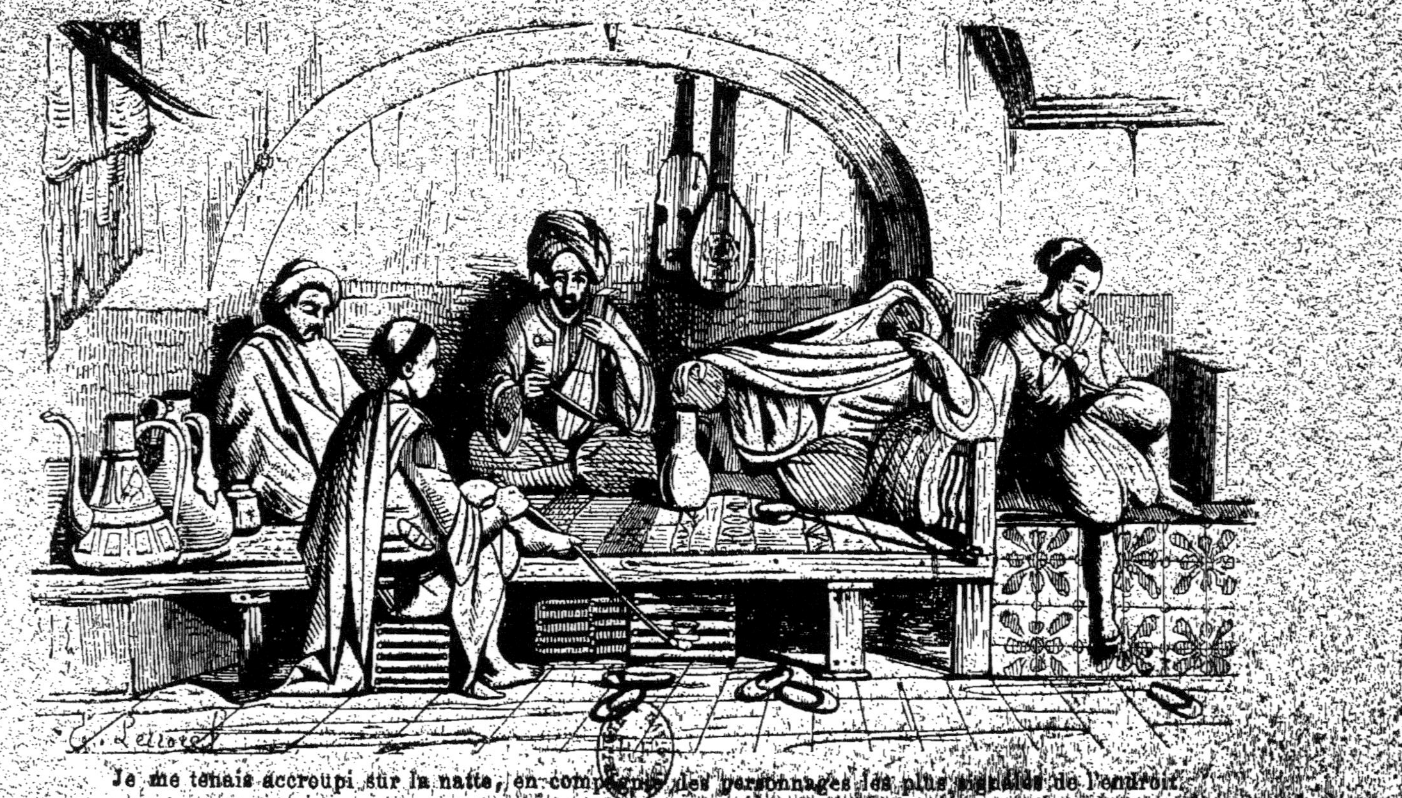

Je me tenais accroupi sur la natte, en compagnie des personnages les plus signalés de l'endroit.

LE

TUEUR D'HYÈNES

PAR M. MONOT

TROISIÈME ÉDITION

LIBRAIRIE DE J. LEFORT
IMPRIMEUR, ÉDITEUR

LILLE
rue Charles de Muyssart, 24

PARIS
rue des Saints-Pères, 30

1877

LE

TUEUR D'HYÈNES

I

Khankah.

Je suppose que vous n'avez jamais visité l'Egypte; le village dans lequel je vais vous conduire vous est donc parfaitement inconnu.

Il se nomme Khankah.

Pour donner à ce mot l'accentuation convenable, il vous faudrait une arête de poisson dans la gorge. Mais je serais au désespoir de vous voir pousser la passion de l'orthoépie au point de vous étrangler par amour d'un nom propre.

Cette bourgade est située au nord-est du Caire, à trente kilomètres environ de la grande capitale ; une moindre distance la sépare des bords du Nil.

Khankah est construit à l'entrée du désert ; c'est là que font une première halte, pour passer la nuit, les caravanes qui se dirigent du Caire vers la Mecque.

Dans la partie du village qui regarde le Caire, s'élève une mosquée spacieuse et assez belle.

Après la mosquée, l'habitation principale, c'est le café.

Un trou, passablement noir, où jamais personne ne s'avise de mettre le pied, vous représente l'intérieur du logis ; en dehors, deux briques sur champ, dans l'intervalle desquelles on allume une poignée de charbon, tiennent lieu de cheminée ; une natte étendue sur le sol figure un divan, une toile déployée par-dessus et le feuillage d'un sycomore servent de parasol.

Le désir d'étudier les mœurs de l'Egypte et de me familiariser avec la langue du pays m'avait amené au café, sur le déclin d'une magnifique journée d'octobre.

Je me tenais accroupi sur la natte, en compagnie des personnages les plus signalés de l'endroit : le *schei beled*, le *cadi*, l'*iman*, en un mot, les notabilités de la contrée.

Ils portaient le costume civil : caftan, ceinture, babouches et turban. J'étais vêtu à la *Nizam*, c'est-à-dire à peu près comme nos zouaves. La demi-lune ottomane brillait sur ma poitrine, dénonçant à tous les regards mon grade militaire de capitaine adjudant-major.

La conversation était peu animée ; je puis dire, sans mentir, qu'il y avait beaucoup plus de fumée que de paroles.

Enveloppé d'un nuage odorant que j'avais aspiré par le tube long et tortueux de mon narghiléh et qui se déroulait en spirales vaporeuses en s'échappant de mes lèvres, je tenais les yeux rêveusement fixés vers l'occident.

Le soleil, près de disparaître, nous illuminait de ses derniers rayons ; le ciel, rouge comme la pourpre, semblait une mer de feu.

Avec mes regards, mes pensées s'étaient élevées tout d'abord vers Dieu ; puis, redescendant sur la terre, elles traversaient les flots et couraient vers la France. Il y avait là-bas, dans un coin de terre ignoré, quelqu'un qui devait contempler le même soleil, et qui m'avait dit, en me serrant la main à l'heure du départ : « Nous prierons pour toi quand le soleil sera sur son déclin. »

Oh! la patrie absente ! Pour aimer son pays, il faut l'avoir quitté !...

Je fus tiré brusquement de ma méditation par l'un de mes voisins, qui, me poussant du coude, me fit remarquer un dromadaire et un âne dans le lointain, sur la route sablonneuse qui vient du Caire.

Un homme se tenait à califourchon sur chacun des deux quadrupèdes. Le dromadaire venait à pas lents, tandis que l'âne trottait à ses côtés ; ce dernier avait dû nécessairement adopter cette allure pour n'être pas dépassé par son compagnon de route.

Les deux voyageurs étaient vêtus à la *Nizam*; mais à mesure qu'ils approchaient, il était facile de s'apercevoir qu'un seul des deux était indigène.

Celui qui montait le dromadaire trahissait son origine européenne par l'embarras avec lequel il portait son nouveau costume et par la façon dont il se tenait assis, pour ne rien dire de la panoplie complète, fusil, cimeterre, pistolets, kangiar, dont il était chargé : on eût dit un arsenal ambulant.

Ils s'arrêtèrent près de nous, et l'Européen dit à l'autre, en faisant la grimace et en parlant français :

« Mohammed-Effendi, demandez à ces drôles, et il nous montrait du doigt, où demeure..... » Il s'arrêta et porta la main droite au côté gauche de sa poitrine ; mais, se rappelant que son nouveau costume était dépourvu de poche, il s'empressa de fouiller à sa ceinture, de laquelle il tira un portefeuille, qu'il ouvrit, et où il prit une lettre dont il lut la suscription pour compléter sa phrase inachevée : « où demeure.... » Et il prononça mon nom, mon prénom et mes titres.

Mohammed s'approcha pour nous interroger, tandis que le premier voyageur, toujours penché sur son dromadaire, continuait à demi-voix et en nous regardant fixement :

« Quelles figures de brigands ! Je ne voudrais pas me trouver seul, la nuit, avec de pareils gredins.... »

L'autre nous avait adressé la question en arable ; je lui répondis immédiatement dans la même langue :

« Vous continuerez jusqu'à l'extrémité du village ; ensuite vous tournerez à gauche dans la direction d'un vaste édifice, blanchi à l'extérieur, et que vous apercevrez presque isolé et entouré de murailles ; là, vous interrogerez la sentinelle, et vous serez introduits auprès de la personne que vous cherchez ; et, si vous ne la trouvez pas au logis, soyez certains qu'elle ne tardera pas à rentrer. »

Les deux voyageurs s'éloignèrent.

L'Européen avait jeté un cri, qui fut accueilli par un éclat de rire de mes compagnons. Ce cri, le front plissé, le visage farouche et la contenance embarrassée de l'Européen, indiquaient assez clairement que le personnage n'était pas habitué au genre de monture usité en Egypte, et que ce devait être pour lui un vrai supplice de se tenir en équilibre sur son dromadaire.

Ceci vous explique l'hilarité de nos Arabes. Ces messieurs n'avaient garde de laisser échapper une si belle occasion de rire aux dépens d'un étranger.

Ils paraissaient en même temps stupéfaits de ma conduite. Au lieu de remplir le devoir sacré de l'hospitalité en précédant mon hôte, je l'avais envoyé devant moi sans me faire connaître à lui. C'était une violation manifeste de toutes les convenances.

Cependant je ne tardai pas à m'acheminer à mon tour vers mon habitation.

II

Le fellah.

Mes explications avaient été suffisamment explicites, car je trouvai mes deux voyageurs installés au logis.

L'homme au dromadaire, étendu sur mon divan, s'était fait apporter, en m'attendant, de la limonade, une pipe et du café.

Il m'aperçut, et fit un effort pour se lever et venir à ma rencontre; mais, obligé de se rasseoir, il s'écria, en allongeant le bras et en me tendant la lettre qu'il avait une seconde fois tirée de son portefeuille :

« Je vous demande mille pardons, mais ce maudit animal m'a littéralement abîmé. Je comptais m'asseoir mollement entre les deux bosses d'un chameau, car j'ai toujours vu les chameaux représentés avec deux bosses; mais, en Egypte, ces vilaines bêtes n'ont qu'une seule bosse.... Gaëtani-Bey m'a chargé d'une lettre pour vous, et ce monsieur, que voilà, est Mohammed-Effendi, mon interprète et mon guide.

— Si l'hospitalité n'était pas toujours un devoir sacré, répliquai-je, le nom seul de la personne qui vous envoie serait une recommandation. De tout mon cœur je désire vous être agréable, et je vous prie de regarder cette maison comme la vôtre. Vous permettez? lui dis-je en rompant le cachet; veuillez vous asseoir, Mohammed-effendi, et continuer de fumer. »

La lettre de Gaëtani-Bey m'annonçait M. Oscar Verdier, parisien et homme de lettres.

Pendant que j'avais les yeux sur la lettre, mon hôte avait les yeux sur moi; il me regardait ébahi. Enfin il s'écria :

« Pardon, monsieur, mais il me semble vous avoir déjà vu; assurément votre figure ne m'est point inconnue.

— Ma figure se trouvait parmi celles que vous avez aperçues devant le café, à l'entrée du village.

— Oh! charmant, charmant, délicieux! je vous fais mes sincères compliments : vous vous déguisez en musulman d'une façon supérieure. Je ferai le récit de cette rencontre, je vous consacrerai tout un chapitre de mon ouvrage.

— Infiniment obligé. J'aurais un extrême plaisir d'apprendre de quel genre sera cet ouvrage, quel intérêt vous amène parmi nous, et à quelle heureuse fortune je dois l'honneur de votre visite. Mais, pour le moment, je veux oublier de satisfaire ma curiosité; c'est de vous seul que je prétends m'occuper. Il est probable que vous êtes affamé, et il est certain que vous êtes las et harassé du voyage.

— Affamé passablement, harassé outre mesure.

— Le cabinet de bains est à vos ordres. Vous n'êtes pas venu jusqu'ici, au cœur de l'Egypte, sans avoir appris et apprécié déjà l'utilité du bain pour les contrées de l'Orient. Vous allez donc prendre un bain, et vous sentirez la fatigue disparaître comme par enchantement.

— Je souhaite voir s'accomplir vos promesses, me répliqua-t-il en hochant la tête d'un air de doute.

— Ensuite nous nous mettrons à table. Je vous annonce pour ce soir même un divertissement inattendu, que tout autre jour il ne m'eût pas été possible de vous procurer. Mais il n'y a pas de temps à perdre; vous voyez que la nuit approche : il faut que nous puissions sortir dans deux heures au plus tard.

— Sortir! je vous avoue qu'après avoir dîné, le divertissement le plus agréable pour moi serait d'aller me mettre au lit. Cependant je m'en rapporte à vous. Où pensez-vous me conduire?

— C'est mon secret. Mais soyez tranquille; nous n'irons pas loin, et vous pourrez enfourcher un âne d'une allure paisible, et doux comme un agneau.

— Si ce n'est pas loin, je préfère aller à pied.

— Comme il vous plaira. Venez, le bain vous attend. »

Je me tournai veas le second voyageur, qui n'avait pas encore ouvert la bouche :

« Mohammed-Effendi, désirez-vous aussi prendre un bain? »

Celui à qui je m'adressais se leva; je parlais en français, il me répondit de même.

« Je vous remercie mille fois, je n'en sens pas le besoin. Pendant que monsieur prendra son bain, j'aurai l'honneur de causer avec vous. »

Mohammed-Effendi portait, gravé dans sa physionomie, le type du *fellah* (1). Il parlait

(1) Les *fellahs* ou paysans forment une race infime, la caste proscrite; ce sont, en quelque sorte, les parias de l'Egypte. Méhémet-Ali fut le premier qui les incorpora dans ses troupes et les astreignit au service militaire. Le pacha sut choisir des moyens efficaces pour triompher de leur résistance : ce fut à coups de bâton qu'il les fit marcher et obéir. Par compensation, les fellahs jouissent d'un magnifique privilége : ils peuvent arriver jusqu'au grade de sous-officier dans la milice égyptienne.

assez purement le français. Son costume était propre sans être luxueux. J'avais deviné sa condition au premier coup d'œil ; cela ne m'empêcha pas de le questionner.

« Mon histoire, répondit-il, m'est commune avec de nombreux compagnons de malheur ; vous en savez les principaux traits, vous qui êtes initié aux mœurs de cette contrée. Je veux vous la raconter avec franchise, en peu de mots. Je ne parlerais pas avec la même sincérité à tout autre que vous ; mais, quoique je vous sois inconnu, on m'a souvent parlé de vous : je sais que vous êtes juste et compatissant envers ceux de ma race, plus que tout le reste de vos compatriotes dont l'existence s'écoule au milieu de nous. »

Remarquez, je vous prie, comme les fellah sont adulateurs.

« Je naquis à Galiub, continua Mohammed, et je crois avoir un peu plus de vingt ans.

» Inutile de vous dire que je suis le fils d'un fellah.

» Pendant une nuit, les *Albanais* du vice-roi enveloppèrent mon village ; au point du jour, ils enchaînèrent par le cou tous les hommes jeunes et vigoureux, et se disposèrent à les emmener; c'est là, vous le savez, le mode de recrutement.

» C'était un affreux spectacle de voir la désolation des mères et des épouses : elles se jetaient aux genoux des soldats, elles s'arrachaient les cheveux, elles se frappaient la poitrine; les cris de leur désespoir montaient jusqu'aux étoiles.

» Ma mère, qui portait sur son bras un enfant encore à la mamelle, s'était jetée au cou de mon père et suppliait les ravisseurs de ne pas la séparer du père de ses enfants.

» Sa prière et ses larmes ne furent point écoutées.

» Je la vis rouler à terre meurtrie et sanglante : un Albanais lui avait déchargé sur la tête un coup de son kourbak (1).

» C'est là le souvenir le plus distinct que j'aie gardée de mon enfance; et, depuis ce jour, jamais personne du village n'entendit parler de mon père.

(1) *Kourbak*, qu'on écrit aussi *courbay* et quelquefois *courbache*, est une sorte de longue cravache avec laquelle on frappe les délinquants.

» Je passai plusieurs années au milieu de nos plaines sablonneuses, l'été à l'ombre des lebbeks, l'hiver aux rayons du soleil, ayant pour nourriture les dattes et les limons, que cette terre, enrichie par la Providence, ne refuse pas, même aux plus misérables de ses enfants.

» Mais un jour je fus pris, amené au Caire, lavé, habillé, enfin placé à la classe des langues, à l'Esbeclaiech, pour y apprendre l'arabe et le français. Deux années plus tard, on m'envoyait à Paris pour étudier le droit.

» Le vice-roi, Méhémet-Ali, voulait faire croire à l'Europe qu'il s'appliquait à civiliser le pays.

» Il ouvrit des écoles, dans lesquelles il dut placer les enfants les plus pauvres des fellahs des villages : pas un seul turc n'eût permis à ses fils d'étudier les langues et les livres maudits des chrétiens.

» Le vieux pacha, ayant donc choisi ceux d'entre nous qui avaient le mieux appris le français, les envoya dans la capitale de la France pour étaler leurs turbans dans les théâtres, dans les promenades, dans les fêtes et dans les cours publics.

» On nous apprenait un rôle dans une vaste comédie, et le grand histrion, qui nous le faisait jouer et dont l'intelligence s'occupait non moins soigneusement des petites choses que des grandes, voulait que ce rôle fût bien joué.

» Richement vêtus, traités avec luxe, nous menions donc à Paris une existence somptueuse. Je vécus là six années.

» De retour en cette contrée, mes jours de splendeurs étaient passés. On faisait croire à l'Europe que l'on nous destinait, une fois rentrés en Egypte, d'importants emplois : nous devions répandre autour de nous les lumières de la civilisation, nous qui avions vécu les années de notre jeunesse dans la capitale du monde civilisé.

» Mais, en réalité, nous fûmes abandonnés de tous; pas un seul de nous ne put obtenir un morceau de pain d'un gouvernement qui prodigue des trésors à des Turcs imbéciles.

» J'en suis réduit à gagner ma vie en

servant d'interprète aux voyageurs, c'est-à-dire en exerçant le métier de domestique, de cuisinier et quelquefois de valet de chambre.

» Si seulement on m'avait envoyé à Londres au lieu de me jeter à Paris! Vous m'avez écouté avec bienveillance; pardonnez-moi si mes paroles sont un reproche à l'adresse de plusieurs de vos compatriotes; mais les Anglais me paieraient mieux et me tourmenteraient moins.

— Auriez-vous été tourmenté par le voyageur qui vous accompagne?

— Il est encore l'un des moins ennuyeux de tous ceux à qui j'ai eu affaire; mais il m'accable de questions impossibles; je lui réponds tout ce qui me vient dans l'esprit, et il prend note de tout : s'il compose son livre avec mes réponses, ce sera un fameux ouvrage, il peut s'en flatter! »

Je fis remarquer à Mohammed-Effendi qu'en résumé son existence actuelle était incomparablement préférable à celle qu'il eût menée à Galiub. Il me répliqua qu'il ne pouvait se résigner à son état présent après avoir connu des jours meilleurs.

« Je me corrigerai peut-être en vieillissant, dit-il; car c'est une folie, j'en conviens, de regretter ce que l'on n'a pas. Je cherche même parfois à me consoler, en me rappelant cette phrase que j'ai lue dans un auteur français : « *Un seul jour perdu devrait nous laisser des regrets mille fois plus cuisants qu'une grande fortune manquée* (1). » Malgré tout, il est bien difficile de vivre en parfait philosophe.

— Sans doute, lui répliquai-je, à moins qu'on ne soit chrétien. »

III

L'homme de style.

Lorsque nous vîmes reparaître le touriste parisien, il semblait avoir, comme une rose après une pluie bienfaisante, repris une nouvelle fraîcheur.

(1) Massillon.

M. Oscar Verdier était un homme d'environ trente-six ans. Le sourire légèrement dédaigneux que l'on voyait errer sur ses lèvres semblait dire qu'il était parfaitement satisfait de lui-même et intimement persuadé de sa haute valeur intellectuelle. Il avait cousu la rosette de la Légion d'honneur sur son costume musulman, et il paraissait aussi fier de son ruban qu'une comète de son éblouissante chevelure.

Il me raconta son histoire pendant que nous étions à table : il avait été d'abord feuilletoniste ; ensuite il avait écrit des vaudevilles en collaboration avec une foule d'auteurs dramatiques célèbres, dont jusque-là j'avais ignoré l'existence ; plus tard, il avait signé des premiers-Paris dans les premiers journaux de l'opposition ; il avait fait une guerre féroce aux *mariages espagnols*, et finalement il était revenu au feuilleton.

C'est à ce moment que la révolution de 1848 avait éclaté.

Fier de ce triomphe auquel il avait contribué, comme la mouche à faire avancer l'attelage du coche, il fit valoir les services qu'il avait rendus en sa qualité de journaliste de l'opposition.

A ce titre, et aussi grâce à la protection d'un secrétaire du Ministre de l'instruction publique, il avait obtenu une mission en Orient.

Après avoir visité l'Egypte, il se proposait de traverser la Syrie, de se rendre ensuite à Constantinople; puis de passer en Grèce; enfin, de revenir en France, et de publier, en deux magnifiques volumes, le récit de son voyage en Orient.

« Je compte sur vous, me dit-il en terminant, pour une foule de renseignements, et surtout pour le chapitre intitulé : Khankah. Le début en sera des plus piquants; je raconterai de quelle façon je vous ai aperçu déguisé en musulman à l'entrée du village.

— Voilà certainement un début qui promet pour la fin du chapitre; mais j'espère que votre séjour à Khankah vous fournira matière à des observations plus intéressantes encore. Je mettrai bien volontiers mon peu de connaissance à votre disposition. Je regrette en vérité que vous ne soyez pas un médecin ou un naturaliste; car je pourrais vous faire lire certaines pages qui, pour être scientifiques, ne sont pas dénuées de mérite littéraire, et vous offrir de vraies curiosités, qui eussent fait l'allégresse du savant Berthollet, votre compatriote.

— Je remarque, en effet, une assez jolie collection de reptiles et de bestioles que vous conservez en bocal; votre chambre est un véritable *museum*. Parole d'honneur! l'arche de Noé n'était pas mieux fournie. Mais, comme vous dites très-bien, je m'occupe aussi peu de la médecine que de la zoologie. Si j'avais à parler des maladies de l'Egypte, je consulterai l'ouvrage du fameux Clot-Bey.

— Peut-être vous serait-il plus utile encore de lire et d'étudier le précieux opuscule du docteur Pruner, *Topographie médicale du Caire*. Le voici. Quoique l'auteur soit Allemand, le livre est écrit en français :

« Le docteur Pruner est un Allemand qui sait toutes les langues de l'Europe et de l'Orient comme sa langue maternelle : il parle avec une égale facilité le français, l'anglais, l'italien, l'espagnol, le latin, le grec, le sanscrit, l'arabe, le turc, l'hébreu, le copte et l'indoustan, et il trouve encore le temps d'écrire des livres de science et de gagner cent mille francs par année en exerçant la médecine.

» Remarquez au commencement du livre ce magnifique plan du Caire et de ses alentours, œuvre du docteur Baur ; la mort ne lui permit pas de l'achever. Un homme modeste autant qu'instruit, le colonel Szultz, y mit la dernière main. Nulle part vous ne trouverez une telle perfection de travail.

— Ce docteur Pruner est-il au Caire en ce moment ?

— C'est le Caire même qu'il habite; si vous désirez le connaître, je m'honore de son amitié.

— Non, non, je ne vous dérangerai pas pour si peu : cette espèce de gens ont toujours eu le privilége d'ennuyer ceux qui les visitent. D'ailleurs, je n'aime pas les Allemands : ce sont les hommes les plus dépourvus d'imagination qu'il y ait sous la lune.

— Ecoutez, je vous prie, cette page de la préface du livre de Pruner ; ensuite vous m'en direz votre avis :

« Du haut de la citadelle, au sud-est de la cité des califes, sur la dernière cime du

Mokattam, le regard du voyageur se repose sur la ville et ses alentours.

« De là, l'œil, en s'abaissant, découvre une mer de maisons pour la plupart revêtues du sombre manteau de la vieillesse, et qui vont se perdre dans le lointain ; plusieurs cependant, par la couleur et par la construction, montrent qu'elles sont modernes. Les places nombreuses et les jardins qui environnent les palais, paraissent comme des îles au milieu de cet océan, et un nombre infini de minarets s'élancent de toutes parts au milieu d'une atmosphère limpide.

» Un ruban d'éternelle verdure s'élargit ou se resserre de chaque côté du fleuve ; puis, en regard de ce tableau d'une vie luxuriante, les collines arides et blanchâtres du désert se dressent à l'horizon avec les monuments les plus anciens du monde, les imposantes pyramides.

» Un sentiment mêlé de stupeur, d'admiration et de douce mélancolie, pénètre l'âme de l'observateur ; dans son imagination, l'espace et le temps se confondent, et, pour un instant, son esprit s'élève jusqu'à la contemplation de l'infini.

» Mais il reçoit des impressions bien différentes, l'artiste pacifique qui traverse au milieu du jour les rues de la populeuse cité, dans lesquelles à tout moment la foule se croise, se mêle et se sépare. En rencontrant dans le même instant et dans un espace si restreint des hommes de toutes les races qui peuplent l'Afrique et l'Asie, différents de langage, de couleur et de costume, l'humble cultivateur à côté du fier magistrat, le mendiant déguenillé auprès du commerçant vêtu des plus fins tissus de l'Inde, le Juif actif, le Copte au regard rusé, l'Osmanli resplendissant d'un luxe oriental, et toute cette foule bruyante, traînée, poussée par les chameaux et les voitures, on croirait assister à une scène du jugement dernier, et involontairement l'âme du spectateur est prise d'une sorte d'anxiété.

» Enfin, le médecin observateur qui pénètre dans les palais et dans les masures, est frappé de l'infinité de maux qui affligent une population si nombreuse et si variée... »

— Oh! par exemple, s'écria M. Oscar Verdier en m'interrompant, le docteur Pruner s'est fait écrire cette préface par un Français d'imagination, par un *homme de style* comme votre serviteur. C'est notre spécialité de faire les préfaces aux livres des savants; et nous ne faisons pas seulement la préface : il faut encore la plupart du temps retoucher, polir et corriger le corps même de l'ouvrage. Que d'ennuis nous donnent les savants! Pour conclusion, je vous prie de me faire grâce de tout ce qui touche à la médecine et à l'histoire naturelle.

— Je ne sais plus en vérité de quoi vous entretenir. Cependant, si vous le voulez, demain nous monterons à cheval, et nous irons visiter l'emplacement de l'ancienne ville d'Héliopolis; le but de cette promenade est à très-peu de distance. Je vous montrerai l'obélisque du roi Osortasen, relique importante pour l'histoire : c'est un monument qui remonte au patriarche Abraham. Je ne prétends pas qu'il soit toujours resté debout depuis cette époque, ni même qu'il existe dans l'endroit où il fut érigé. Savez-vous que cet Osortasen fut l'un....

— Oh! de grâce, épargnez-moi les détails historiques; je vous assure que je ne me soucié pas plus du roi dont vous avez prononcé le nom barbare que de son monument : tout cela c'est de la pure érudition. Nous avons à Paris nombre de savants dont ces thèses intéressantes forment le pain quotidien. Pensez-vous que je m'amuse à de pareilles vétilles ?

— Eh bien, je puis vous faire voir une chose dont les savants de Paris n'ont pas la moindre idée, ou que, du moins, ils connaissent très-imparfaitement.

— Ah ! vous avez découvert la huitième merveille du monde ! Parlez donc, je vous écoute.

— Il y a six cents ans, le long de la route que vous avez suivie depuis le Caire pour arriver ici, les sables du désert s'étaient subitement transformés en délicieux jardins, embellis des arbres de Syrie et chargés de fruits magnifiques. Cette métamorphose était produite par les eaux du Nil. Le sultan Nassir avait fait creuser un canal qui arrivait jusqu'à Syracuse, à très-peu de distance de ce village.

» Un superbe édifice s'était élevé dans cette ville par les ordres du sultan : là, des sophis, au nombre de cent, se tenaient continuellement en méditation ; dans les eaux du canal se miraient les plus riches palais, habitations du sultan et de ses émirs.

» Que de difficultés aujourd'hui pour retrouver la place des maisons de Syracuse ! Dans cent années peut-être les voyageurs auront plus de peine encore à découvrir les ruines de cette magnifique demeure dans laquelle j'ai le plaisir de vous offrir l'hospitalité, et des maisons ses voisines, dont les plus belles furent construites par les ordres de Méhémet-Ali.

» Mais à propos du canal creusé par le sultan Nassir, je ne vous dirai pas seulement que les eaux du Nil entrèrent dans ce canal — ce que pourraient vous apprendre les savants de Paris qui ont lu l'historien arabe Makrisy, — je vous montrerai de plus le lit dans lequel elles ont coulé. Vous pourrez suivre les rives de l'ancien canal, contempler les lieux où les sophis se tinrent en méditation, et je vous raconterai l'histoire des quarante-trois années du règne du sultan Nassir.

— Mais, vous êtes donc un érudit ?

— Non pas : j'aime seulement à connaître

les événements qui se sont accomplis dans les lieux que j'habite. Désirez-vous traverser le champ de bataille — il n'est pas bien loin non plus — sur lequel, à une époque plus récente, s'est immortalisé Kléber?

— Nullement.

— En vérité je me demande....

— Vous vous demandez ce que je suis venu chercher parmi vous? Si vous m'aviez laissé dire....

— Je croyais n'avoir pas fait autre chose.

— Au contraire, vous n'avez cessé de me parler de canaux, d'obélisques, de villes détruites, toutes choses dont je me soucie comme du roi Nabuchodonosor. J'appartiens à l'école des hommes d'imagination, des hommes de style. Nous mettons de côté l'histoire, la géographie, la philosophie, toutes les sciences, sans en excepter une : nous cultivons le style. Notre soin, c'est d'arrondir la phrase et de limer la période; ce sont les mots qui nous occupent : il faut les faire siffler avec le vent, rugir avec le lion, gronder avec le torrent, scintiller avec les étoiles, miroiter avec les reflets de la lune, luire avec le soleil, soupirer avec la brise et fulgurer avec la lueur fantastique des éclairs. Comprenez-vous?

— Pas beaucoup.

— C'est juste. A Khankah, il doit être difficile de comprendre ce qu'est un homme de style. Apprenez donc que, dans tout le cours de mon voyage, je suis en quête d'aventures, et que vous avoir rencontré tout à l'heure à l'entrée du village, déguisé en musulman, et pris, sans vous connaître, pour un chef de brigands, c'est pour mon livre futur un trésor que je ne donnerais pas pour l'histoire de tous les rois du monde et pour tous les obélisques de l'Egypte et d'ailleurs. Allez-vous à la chasse?

— Quelquefois.

— En ce cas, je vous prierai de m'accompagner à la chasse de l'hyène : c'est là surtout ce qui m'amène parmi vous. Mais il faudra que j'arrange à ma guise cette expédition. Je l'ai déjà écrite en partie, et vous comprenez bien que je ne voudrais pas refaire mon siége.

— C'est trop juste. Mais nous remettrons à demain les préparatifs de la chasse. Il est temps maintenant de vous dire quelle est la surprise qui vous attend ce soir.

« *L'attâr* du village — c'est-à-dire le marchand de drogues, — qui est à la fois pharmacien, médecin, chirurgien et plusieurs autres choses encore, donne cette nuit une *fantasiah* en l'honneur de ses noces. Vous verrez des scènes nouvelles pour vous et qui pourront enrichir le chapitre que vous consacrez à Khankah. Etes-vous prêt? Nous partons.

IV

La fantasiah.

Les invités du vieil *attâr* se trouvaient déjà réunis : les hommes se tenaient dans la cour; quant aux femmes, elles étaient reléguées dans la maison.

La cour était en partie couverte par une tente en forme de carré long, attachée au mur par une extrémité, et de l'autre soutenue par des pieux.

Le dessous était brillamment illuminé par des verres de couleur suspendus à des fils de fer.

C'est là que se tenaient les invités rangés sur une même ligne, accroupis sur une natte, et tous, sans exception, la pipe entre les lèvres : magnifiques turbans, profils superbes, barbes noires et touffues.

J'étais sûr de ne pas faire grand plaisir à l'*attâr* ni à ses amis en leur amenant un Européen, mais je savais qu'ils ne me tiendraient pas rancune.

Le maître du logis vint à ma rencontre; il accueillit gracieusement l'homme de lettres et son interprète Mohammed-Effendi. En même temps il nous conduisit vers les invités, et nous offrit une place au milieu d'eux.

Je retrouvai là tous mes amis du café.

Mon infortuné compagnon se voyait dans un embarras extrême : impossible à lui de s'arranger sur la natte à la façon de ses voisins. Le maître en eut compassion : il lui fit porter un coussin pour lui servir de siége. Je restai moi-même tout émerveillé de sa politesse.

Nous n'étions pas encore assis que déjà l'on nous avait offert des pipes et servi du café.

La fête en était à son prologue.

Au moment de notre arrivée, deux jeunes gens du village jouaient une façon de comédie dont ils improvisaient le dialogue.

L'un armé du cimeterre, des pistolets et du kourbak, représentait le nazir (1) qui vient lever le tribut, et l'autre, vêtu de son costume habituel, figurait le fellah tributaire.

Celui qui jouait le rôle du nazir imitait la façon de parler des Arabes : il affectait de donner aux mots le même accent et de les estropier comme eux ; il copiait leur démarche, leurs gestes et la fierté de leur attitude.

Le fellah courbait les épaules, que le nazir caressait à grands coups de kourbak, pendant qu'il s'épuisait en protestations, jurant qu'il avait payé complétement le tribut de cette année et qu'il ne lui restait pas un *para*.

Le nazir improvisé répliquait que, s'il avait acquitté complétement sa redevance personnelle, il lui restait à payer le tribut de son voisin qui avait pris la fuite, et d'un autre voisin dont le Nil avait emporté la récolte.

(1) Officier civil chargé de percevoir les impôts et d'administrer la justice.

« Le gouvernement, disait-il, ne doit jamais rien perdre. » Et il continuait à le battre.

Le dialogue devenait encore plus mordant, et les spectateurs — même les Arabes et les Turcs — riaient d'un véritable rire homérique.

Un murmure de voix féminines se fit entendre tout à coup; les deux acteurs disparurent, et tous les regards se dirigèrent du côté du logis.

La cantatrice allait commencer à son tour.

Une large toile drapait une sorte de théâtre, sur lequel étaient montés l'actrice et le chœur qui devait l'accompagner; de cette façon, on pouvait l'entendre également de la cour et du logis.

La toile ne se leva point; mais le *manal* mélancolique de la chanteuse monta dans l'espace, le chœur répéta les dernières notes, puis les sons du *tar* ou tambourin annoncèrent que l'exécution du premier morceau venait de toucher à son terme.

« Comment pouvez-vous prendre goût à une pareille complainte? me demanda maître Oscar, qui m'avait vu prêter une oreille attentive.

— Je comprends, lui répondis-je, que vous ne puissiez tout d'abord apprécier ce chant, habitué que vous êtes aux musiques de l'Europe : l'admiration profonde que vous lisez sur tous ces visages, et peut-être sur le mien, vous étonne; mais si vous aviez vécu quelque temps dans ce pays, je vous assure que cette musique produirait sur vous une impression toute différente, surtout si la signification des paroles vous était connue.

— Et quel est le sens de ce chant dont le rythme est si bizarre?

— Le voici. C'est

Une mère pleurant la mort de son fils.

« Les parfums de l'Arabie heureuse, les fleurs du jardin des Génies, les délicieuses senteurs du printemps sont moins douces que ton souvenir, ô mon fils! ô mon bien-aimé!

» Qui me dira que le soir de la vie est le crépuscule d'une plus belle aurore? Retrouverons-nous dans le séjour du repos éternel les personnes aimées et les joies ineffables des temps passés.

» O caravanes célestes ! anges consolateurs ! faites-moi donc entendre les mélodies dont vous charmez le ciel ! Dites-moi que Celui qui nous a séparés sur la terre nous réunira près de Lui. »

Le *manal* qui suivit respirait d'autres sentiments. Voici de quel façon je le traduisis à celui qui m'accompagnait :

Le chant du captif.

« Tu t'en vas rapide comme le vent du désert, tu cours au fond de la vallée, vers l'oasis des palmiers, ô ma pensée ! ô mon âme !

» Pareille à la colombe dont l'aile d'azur fendait le ciel limpide de Bagdad, au-dessus des jardins du calife, et qui, atteinte dans son vol par la flèche perfide du chasseur, fait un effort suprême pour apporter sa blessure et son dernier soupir dans le nid parfumé de son amour ;

» Pareille à la généreuse cavale de Nezdi

qui penchait tristement la tête, captive dans une terre lointaine, mais qui, aspirant tout à coup les effluves du désert et reconnaissant les parfums de sa patrie, brise ses liens et se précipite, à travers les solitudes, vers la prairie dans laquelle bondissent ses compagnes, vers les tentes où résonnent les préparatifs du combat :

» Ainsi tu voles, ô ma pensée, vers cette vallée chérie où j'ai laissé mon épouse et mes enfants.

» Tu voles vers la tente de nos pères, où les chefs des tribus, assis à l'ombre hospitalière des palmiers, m'attendent peut-être pour que je leur raconte les exploits merveilleux d'Antar, ou bien pour me suivre au combat.

» Tu t'envoles, ô ma pensée! Et moi je reste captif sur le seuil d'une tente étrangère, les yeux fixés vers le ciel ou tournés vers le désert!

» Que ne puis-je fendre l'espace avec la rapidité de l'oiseau! que ne puis-je traverser la solitude avec la caravane, dont les feux resplendissent dans la nuit, pour te suivre où tu vas, ô ma pensée! ô mon âme! »

La voix chanta quelque temps encore,

puis elle se tut. La finale de chaque morceau était régulièrement accompagnée par le chœur et suivie de plusieurs coups frappés sur le tambourin.

On nous apporta de la limonade, des pipes et du café, pendant que les auditeurs se communiquaient leurs impressions sur la valeur de la poésie et sur le mérite du chant.

« Quel est ce drôle qui vient à nous, une sébile à la main, et qui m'a l'air de demander l'aumône ? »

Cette question m'était adressée par mon illustre compagnon, l'homme de style.

« C'est un serviteur de la cantatrice qui vient recueillir les dons de l'assistance.

— Mais cette chanteuse n'est-elle pas rétribuée par le maître de la maison ? est-ce nous qui devons payer la fête ?

— La cantatrice est payée, il est vrai ; cependant il est d'usage qu'elle fasse appel à la générosité des invités.

— Et que signifient ces cris ?

— Le serviteur qui recueille les offrandes nomme les personnes l'une après l'autre et annonce la somme qu'il reçoit ; lorsque le donateur se montre généreux, le chœur caché derrière la toile lui envoie un cri de remerciement.

— Combien faut-il donner ?

— Interrogez votre interprète Mohammed-Effendi. »

L'interprète sourit, et se penchant à l'oreille de son maître, il lui apprit le secret de donner peu et de faire louer sa générosité.

« Donnez-moi deux pièces de monnaie : je mettrai l'une dans la sébille et je glisserai l'autre dans la main du serviteur; celui-ci s'empressera de répéter votre nom en multipliant au moins dix fois votre offrande.

Les chants recommencèrent. Le premier de ceux que la cantatrice nous avait fait entendre exprimait les regrets d'une mère sur la mort de son fils ; c'est maintenant la plainte d'un enfant sur la mort de sa mère.

Le lettré parisien taxait d'exagération l'enthousiasme des auditeurs et le mien ; je l'avais cependant prié d'observer qu'il lui était impossible de se former une idée du mérite de cette poésie, défigurée qu'elle était par ma traduction.

Bientôt l'attention de l'assistance entière sembla s'être portée sur nous, ce dont mon compagnon parut fort surpris.

Je prévins ses questions et lui donnai le motif de cette curiosité dont nous étions l'objet, en lui traduisant le dernier *manal* de la cantatrice :

Le guerrier de l'Occident.

« Il est radieux comme la clarté du matin, il est vaillant comme la pointe de son épée ; l'aurore lui a prêté sa blancheur, le cœur du lion lui a donné sa bravoure. Qu'Allah nous préserve du guerrier de l'Occident !

» Lorsqu'il s'élance, il fait voler sous les pas de son cheval des gerbes d'étincelles ; la mer est immense, mais elle n'arrête point sa course ; il dévore les chemins âpres et sablonneux. Qu'Allah nous préserve du guerrier de l'Occident !

» Sa langue est plus mélodieuse que les chants du rossignol ; elle est plus acérée que la flèche des chasseurs ; le miel coule de ses lèvres et l'effroi jaillit de son regard.

Qu'Allah nous préserve du guerrier de l'Occident !

» Pourquoi le ciel l'a-t-il enrichi comme le Nil qui féconde la plaine? pourquoi l'a-t-il fait semblable au palmier du désert? La France est un pays lointain dont les fils sont glorieux. Si toujours elle est fidèle à la volonté d'En-Haut, qu'Allah nous préserve du guerrier de l'Occident! »

« Mais il me semble, me dit l'homme de lettres, que cette dame nous adresse un compliment en style oriental. Il faut un peu d'indulgence : pour une Egyptienne, c'est assez bien tourné.

— La cantatrice que le maître du logis avait instruite de *notre* présence et qui est maintenant informée de *votre* libéralité, vent par là vous témoigner sa reconnaissance, » répondis-je à mon interlocuteur.

Un bruit assez étrange s'éleva de l'autre extrémité de la cour, et tous les regards furent attirés sur ce point.

Un homme soufflait dans une espèce de cornemuse, tandis qu'un autre l'accompagnait en battant la *taraboukah*.

Mon compagnon profita de ce premier instant où l'attention générale était captivée par un nouveau genre de spectacle.

« Je suis littéralement supplicié; mon cher ami, tirez-moi de cette galère au plus vite : l'agrément le plus doux serait pour moi de clore la paupière. Les usages de ce pays, il faut en convenir, sont tout ce qu'il y a de plus incroyable au monde. Comment voulez-vous que je raconte une pareille fête sans endormir mes lecteurs ? Autant vaudrait insérer dans mon journal trois colonnes du *Constitutionnel*. Un second Mathusalem aurait de quoi bâiller jusqu'à la fin de ses jours. »

Je me levai, ainsi que la politesse m'en faisait un devoir, et je ramenai mon Parisien au logis.

Je lui montrai sa chambre, en lui recommandant, lorsqu'il serait au lit, de s'envelopper dans le moustiquaire et d'en assujettir soigneusement les extrémités, s'il ne préférait se retrouver le lendemain matin avec une tête et un visage que le gonflement occasionné par les piqûres rendrait monstrueux.

« Est-ce que vous achèterez l'ouvrage dont M. Oscar Verdier parle tant? me demanda l'interprète dès que je me trouvai seul avec lui.

— Pourquoi l'achèterai-je?

— Pour le lire, sans doute.

— Je ne ferai jamais la sottise de lire un mauvais livre : la vie est si courte qu'il faut être fou pour l'employer si mal.

— Mais, par politesse, je suppose que le livre sera bon.

— Mohammed, voulez-vous me permettre de vous donner un conseil? Ne lisez jamais de bons livres.

— Jamais de bons livres!...

— Ne lisez jamais de bons livres, n'en lisez que de très-bons.

— Vous êtes sententieux comme le livre des Proverbes, me dit l'interprète en souriant.

— Pardonnez-le-moi, j'oublie que vous avez besoin de sommeil plus que de maximes. Bonne nuit donc, et à demain. Vous accompagnerez votre maître à la chasse?

— Il le faudra bien, me répondit Mohammed avec un soupir : voici huit jours qu'il ne me parle pas d'autre chose. Il est persuadé d'ailleurs que l'hyène est l'animal le plus féroce de toute la création.

V

Une leçon d'histoire naturelle.

Le lendemain, j'attendais l'instant où il plairait à mon hôte parisien de s'éveiller lorsque, dans sa chambre, résonne tout à coup la détonation d'un pistolet.

J'y courus, et je trouvai mon homme assis sur le lit, le tissu destiné à préserver des cousins rejeté derrière les épaules, tenant en main son pistolet fumant, et les yeux tournés vers une fenêtre près de laquelle se tordait un serpent dans les convulsions de l'agonie.

« Voyez à quel péril je viens d'échapper ! Vous m'avez placé dans votre cabinet de travail : à peine éveillé, je regardais machinalement, à travers le moustiquaire, vos livres, avec ce régiment d'oiseaux empaillés et cette armée de fioles qui surchargent vos tablettes et qui sont pleines d'animaux conservés dans de l'esprit de vin, lorsque, tournant les regards de ce côté, j'aperçus ce reptile qui se glissait silencieux le long du mur. Saisir mon pistolet, que j'avais mis sous le traversin, et tirer sur la couleuvre fut l'affaire d'un instant. Heureusement que je ne l'ai pas manquée!

— Vous avez tué un innocent animal, que j'avais apprivoisé depuis longtemps et qui me tenait compagnie.

— Merci de la compagnie! Ça, un animal innocent?

— Le plus innocent du monde. Il n'est pas une maison de village qui n'ait son serpent familier tenu pour un présage de bonheur, comme les hirondelles auprès des paysans de mon village natal. Ce pauvre animal avait une prédilection pour mon cabinet de travail; souvent il venait s'enlacer amicalement autour de mes pieds lorsque j'étais assis devant ma table. Je ne lui sus jamais qu'un seul défaut : il avait un faible pour la chair tendre des pigeons et pour les œufs de ces volatiles ; il avalait tout, les pigeonneaux avec les plumes.

— Et il digérait ?

— Parfaitement. Mais j'avais découvert un moyen de l'écarter du colombier : c'était de répandre à l'entour les cendres de ma pipe. A partir du jour où j'avais pris cette précaution, il se contenta de faire la guerre aux rats et d'aller à la chasse des oiseaux dans les nids, sur les acacias du jardin. Vous me l'avez tellement maltraité qu'il ne me sera possible ni de l'empailler ni de le conserver dans l'alcool.

— S'il en est ainsi, je regrette de l'avoir tué ; mais il n'est pas moins vrai que c'est une singulière compagnie.

— Heureusement que vous n'avez pas aperçu ce caméléon qui se tient sur le bord de la fenêtre ! et mes deux lézards du désert, que j'aime tant, par bonheur qu'ils ont passé la nuit dans une autre chambre !

— Parole d'honneur ! votre logis est aussi peuplé d'animaux qu'une forêt d'Amérique. »

On emporta les restes inanimés du serpent, et je fis servir le café.

« Dites-moi, reprit-il en buvant lentement et à petites gorgées, ne craignez-vous pas qu'un serpent venimeux ne pénètre dans votre maison avec les serpents inoffensifs?

— Nos seuls visiteurs — et ce sont aussi les seuls à craindre — sont les scorpions. Celui-ci ne vous fera pas peur : vous voyez que je le garde dans l'alcool. Si vous avez aperçu quelquefois en France des animaux de cette espèce — c'est surtout dans le Midi qu'on les rencontre, — vous reconnaîtrez que celui-ci est pareil au nôtre, sauf qu'il diffère de grosseur. Sa piqûre est très-douloureuse, et, si l'on n'y porte un prompt remède, elle est souvent mortelle pour les enfants.

— Avez-vous déjà trouvé des scorpions dans cette maison?

— Très-souvent : ils se cachent sous les nattes, dans les meubles, dans les lits et jusque dans les vêtements; mais, comme on sait cela, on fait tous les jours une perquisition attentive et minutieuse, et il est bien rare que les scorpions vous échappent.

— Et si, malgré toutes ces précautions, vous étiez piqué?

— Il faudrait prendre immédiatement un rasoir, faire une entaille sur la plaie, y appliquer sans interruption des compresses d'alcali volatil; en outre, avaler de temps à autre un verre d'eau dans lequel on verse encore quelques gouttes d'alcali : avec cela vous souffrirez une heure ou deux, ensuite il n'y paraîtra plus.

— Drôle de pays tout de même, où il faut s'envelopper le visage pour se préserver des cousins, où les serpents s'enroulent autour de vos pieds, et où les scorpions se promènent par les maisons, la canne à la main. Mais je vous réitère ma question : n'avez-vous pas de serpents venimeux dans les alentours ?

— Nous en avons, et en assez grand nombre; je puis vous en montrer plusieurs dans l'alcool : celui-ci est le céraste ou serpent cornu; cet autre est le serpent des pyramides; voici le serpent à lunettes. Tous ces reptiles rôdent dans les environs, mais je n'ai jamais appris qu'aucun fût entré dans les maisons du village; on en rencontre quelques-uns dans les sables du désert, d'autres dans la campagne. Jamais ils n'attaquent l'homme ; ils se contentent de le regarder, à moins qu'ils n'aient été les premiers attaqués. J'ai vu beaucoup plus de personnes, en France, mordues par des vipères, que dans ce pays par des reptiles venimeux. Les Arabes saisissent par la queue, avec une rare dextérité, les serpents les plus méchants, et les écrasent contre terre ; le serpent a beau se redresser, sa tête ne peut jamais atteindre la main qui lui tient la queue. Les serpents venimeux que vous apercevez, je les ai pris tout vivants.

— Pour ma part, je ne désire pas les voir vivants ; et, s'il en vient quelqu'un vous rendre visite, je vous prie de le renvoyer à demain.

— N'avez-vous jamais aperçu dans les rues du Caire les jongleurs avec des serpents vivants ?

— Jamais.

— Eh bien, si l'occasion se présente, je vous prie de vous arrêter : c'est un curieux spectacle.

— Et qu'est-ce que ces poissons ? dit l'homme de lettres en m'interrompant.

— Ce sont des poissons électriques du

Nil. Je les dois à l'obligeance du docteur Diamanti, un savant italien que l'amour de la science a conduit jusque dans ces contrées : il sort de l'université de Pise. Mais il a pris modèle sur le corbeau; il n'est plus rentré dans l'arche.

— Comment se nomment les petites créatures que vous avez enfermées sous ce verre?

— On les nomme des coléoptères.

— Je sais cela : on nous en a parlé au collége. Je vous demande les noms particuliers.

— Voici deux espèces différentes de *Copris*: le *Copris Isidis* et le *Copris Sesostris*; celui-ci est l'*Ateucus sacer*; celui-là, l'*Ateucus Ægyptiorum*; on nomme cet autre *Prionotheca coronata*; voici l'*Heteracantha depressa*....

— Assez! assez! je vous en prie. Vous êtes savant comme un dictionnaire de médecine. Sur l'honneur! vos goûts sont bien les plus bizarres qui se puissent imaginer.

— S'il vous est agréable de m'accompagner au jardin, je vous montrerai des animaux vivants : un phœnicoptère, un ibis rose, un ichneumon, un petit lynx et deux gazelles; après quoi nous rentrerons pour déjeuner. »

Mon hôte se leva; je l'entendis qui murmurait en descendant :

« Quels êtres insipides que les savants! Et dire que Noé a préservé cette race d'animaux de la destruction dans les eaux du déluge! »

VI

L'Hyène.

« Comment un homme qui n'a rien à faire passe-t-il sa journée dans votre pays? »

Cette question m'était adressée par mon hôte, qui, renversé sur mon divan, fumait une cigarette après avoir vainement essayé de fumer le narghiléh à mon exemple.

« Il s'allonge sur un divan, et il s'amuse à fumer et à boire du café, répondis-je.

— Et le soir?

— Le soir, il va se mettre au lit lorsque le muezzin entonne le chant de l'*Æsce*, c'est-à-dire une heure et demie après le coucher du soleil.

— Quelle vie!

— Mon cher monsieur, je crois que dans tous les pays du monde celui qui n'a rien à faire passe très-mal sa journée.

— Ah! de la morale! Dites-moi un peu, pour parler d'autre chose, dans quelle intention avez-vous suspendu un filet de pêcheur à toutes vos fenêtres et même à votre porte?

— C'est pour éloigner les mouches.

— Comment! vous pensez que les mouches ne passeront pas à travers? Mais les mailles de vos filets sont assez larges pour que trois mouches puissent y entrer de front, les ailes ouvertes!

— Je sais cela; et cependant cette clôture suffit pour arrêter les mouches, pourvu que la porte ne soit pas ouverte en face de la fenêtre, ou deux fenêtres en face l'une de l'autre. Cet usage est assez ancien : Hérodote en a fait mention.

— Par exemple, voilà qui est curieux!

je mettrai cela dans mon livre. Les mouches sont aussi ennuyeuses en France qu'en Egypte, et j'enseignerai le premier à mes concitoyens ce moyen très-facile de s'en débarrasser.

— En France, il est vrai, c'est vous qui en parlerez le premier; il y a un an, vous en eussiez parlé le premier dans toute l'Europe; mais en Angleterre, le docteur Spence vous a devancé : dans un mémoire lu tout récemment par lui à la société entomologique de Londres, ce savant dit avoir appris d'un Florentin cet industrieux procédé; cet homme lui raconta qu'il avait vu ce moyen mis en usage dans un couvent voisin de Florence. Il ajoute qu'il entendit un peintre de Rome s'applaudir d'avoir adopté la même précaution, parce qu'il lui procurait un double avantage : il pouvait travailler, les fenêtres ouvertes, sans être importuné par ces insectes incommodes, et en même temps il préservait ses toiles de toutes les taches qu'elles laissent sur leur passage.

» A la suite de la lecture du docteur Spence, le docteur Stanley fit plusieurs expériences avec différentes espèces de filets; il observa que les mouches sont arrêtées par l'obstacle, lors même que les fils sont extrêmement ténus. Il chercha l'explication du phénomène, et se persuada que les mouches s'épouvantent à la vue des mailles du filet, parce qu'elles le prennent pour une toile d'araignée.

— Si les mouches avaient aussi peur des toiles d'araignée que vous le dites, elles ne s'y prendraient pas si souvent.

— Le docteur Spence fit précisément la même remarque, et il donne une autre explication : cette aversion des mouches pour les filets est un résultat de la structure particulière de l'œil de ces insectes ; selon lui, la mouche s'imagine voir dans chaque fil une succession d'obstacles augmentés et multipliés par la rapidité de son vol.

— Oh ! faites-moi grâce de l'explication, s'il vous plaît ; l'important, c'est que le fait soit certain.

» Mais il est temps que je vous parle du principal motif de mon voyage, puisque vous ne m'en dites rien et qu'à peine ai-je pu hier vous en glisser un mot dans la conversation.

— Vous m'avez exprimé le désir d'aller à la chasse de l'hyène.

— Oui, mais à la condition que vous me laisserez faire.

— Je le veux bien.

— Vous avez des hyènes dans le voisinage?

— En grand nombre; elles se tiennent sur la limite du désert, et rendent à ce village un signalé service en dévorant les chiens morts et aussi quelques peu les cadavres dans les cimetières.

— Je pourrais placer dans mon ouvrage une invective contre l'hyène, à cause de cette profanation. Pensez-vous? Le thème est peut-être un peu usé?

— Vous feriez mieux de montrer que les hyènes ne méritent pas qu'on les condamne, tant que les Orientaux ne se donneront pas la peine de mieux ensevelir leurs morts.

— Mais les hyènes assaillent encore les hommes vivants?

— Jamais: un homme vivant leur fait peur. Un loustic de ce village fit un jour le pari qu'il étranglerait une hyène de ses propres mains, sans le secours d'aucune arme. La nuit venue, il s'étendit au milieu de la plaine comme un homme mort, et une hyène vint assez près pour lui flairer les pieds. Notre homme se redresse tout à coup et s'élance pour la saisir; mais l'hyène ne lui en donna pas le temps : elle prit aussitôt la fuite. Si quelque jour vous visitez l'Algérie, vous verrez que l'hyène n'est pas plus redoutée par nos colons que par les Arabes.

— Permettez; je vous ai prévenu que j'avais mon plan pour cette chasse. Cependant, je voudrais dire, à propos de l'hyène, quelque chose de neuf et d'intéressant.

— De neuf, même pour les naturalistes?

— Mais oui, s'il est possible.

— Rien de plus facile au monde : vous citerez les passages de Pline et d'Aristote, où ces deux auteurs se sont occupés de l'hyène.

— Et ce sera du nouveau pour les naturalistes?

— Du très-nouveau. Voici Pline avec les éclaircissements zoologiques de Cuvier; voici Aristote; je n'ai pas la traduction française de Camus; mais cette édition, avec le texte grec d'une part, et de l'autre la traduction latine, peut la remplacer.

— Ce que j'aurai de plus curieux à raconter, ce sera d'avoir lu Pline et Aristote à Khankah. Mais ne pourriez-vous m'éviter la peine de cette fastidieuse lecture, en me résumant en peu de mots ce qu'elle contient?

— Je le veux bien. Pline mentionne des choses bizarres, qui nous donnent la plus singulière idée de la crédulité de ses contemporains. Il raconte très-sérieusement que l'hyène imite le bruit de la voix humaine, que son épine dorsale est formée d'une seule vertèbre, que son ombre empêche les chiens d'aboyer, et que tout animal autour duquel elle a tourné trois fois devient immobile; il ajoute que, dans son temps, on allait à la chasse de ces animaux pour s'emparer de la *pierre d'hyène*, qui, placée sous la langue, donne à ceux qui la portent le privilége de prédire l'avenir.

» Aristote parle de l'hyène en quatre endroits différents, spécialement dans l'*Histoire des Animaux*, où il donne de l'hyène une description assez exacte. Il assure que l'on rencontre les mâles beaucoup plus souvent que les femelles, et il cite le témoignage d'un chasseur, qui, ayant tué onze de ces animaux, ne trouva dans le nombre qu'une seule femelle.

— Tous ces détails, en somme, me paraissent peu divertissants.

— Si vous le préférez, vous raconterez à vos lecteurs que l'hyène parut en Europe pour la première fois sous l'empereur Gordien; vous leur parlerez encore des hyènes fossiles découvertes en Amérique.

— De fièvre en chaud mal! Quand je terminerai la description de ma chasse, je crois qu'il faudra faire abstraction de tous ces préliminaires scientifiques, si je veux donner à mes lecteurs une page un peu réussie.

— Mais ne peut-on savoir enfin de quelle façon vous allez vous y prendre?

— Voici. Ce soir, à la nuit tombante, vous me conduirez dans un endroit que vous saurez de préférence visité par l'hyène; nous attacherons un mouton à un pieu, et nous attendrons, cachés à peu de distance, la venue de la bête féroce. Ne me refusez pas, sinon j'irai sans vous.

— Si vous partez seul, il est probable que vous serez dépouillé cette nuit et massacré par les Bédouins, et la nuit suivante mangé par l'hyène.... Mais j'arrangerai les choses pour le mieux : je ferai venir un Bédouin pour nous servir d'escorte ; nous sommes sûrs par ce moyen de ne pas être volés. Je vous donnerai ma carabine en place de votre fusil, de vos pistolets et de votre cimeterre ; je vous conduirai à peu près à une heure de marche ; nous attacherons le mouton comme vous avez dit, et nous passerons la nuit couchés sous les palmiers. Mais l'hyène ne viendra pas prendre le mouton vivant.

— Elle viendra, c'est moi qui vous le certifie ; encore une fois, je tiens à ce chapitre, il faudra bien qu'elle vienne. Décidément vous n'avez rien de curieux en Egypte. »

L'ancien feuilletoniste, ex-journaliste de l'ex-opposition, ex-collaborateur de plusieurs vaudevilles, présentement chevalier de la Légion d'honneur — si toutefois il fallait en croire le ruban, — n'avait pas achevé sa dernière phrase que le soleil s'obscurcit tout à coup. La nuit était encore loin, car le muezzin entonnait en ce moment le chant de l'*Assér*, ce qui indiquait trois heures du soir.

« C'est un nuage qui passe, » dit aussitôt mon interlocuteur.

J'ouvris la porte, et je l'appelai pour lui faire remarquer au dehors de l'habitation la cause de cette soudaine éclipse de soleil.

C'était un nuage épais de sauterelles, les fameuses sauterelles d'Egypte, qui traversaient l'espace en agitant leurs ailes, et qui produisaient la plus étrange mélodie par le frottement de leurs élytres. Le soleil en fut littéralement voilé pendant l'espace d'une heure.

« En vérité, voilà un phénomène curieux ! me disait l'homme de lettres en rentrant au logis.

— Pensez-vous ? lui répliquai-je. Vous venez cependant de m'affirmer qu'il n'y a rien de curieux en Egypte. »

VII

La chasse.

Ces tourbillons de sauterelles, qui excitaient la surprise et presque l'admiration du littérateur parisien, produisent des impressions de beaucoup différentes sur l'âme des colons et des cultivateurs.

Depuis le temps de Moïse, ces insectes n'ont pas cessé de former, par leur nombre et leur voracité, une véritable plaie de l'Egypte, plaie redoutée par les Arabes et par les fellahs autant qu'elle l'était jadis par les sujets des anciens Pharaons.

Il faut avoir vu les dégâts occasionnés par les sauterelles pour s'en faire une idée : elles fondent sur la campagne comme une armée de dévastateurs, dépouillant les plaines de leur verdure et les arbres de leur feuillage, et laissant derrière elles la pauvreté, la famine et la désolation.

Heureusement que la Providence oppose à ces redoutables insectes un grand nombre d'ennemis.

Vienne à souffler la tempête, et dans un instant le vent et la pluie en auront anéanti des millions; en outre, les lézards, les grenouilles, les renards et les oiseaux en dévorent de prodigieuses quantités; et les sauterelles elles-mêmes se détruisent l'une l'autre et se font entre elles une guerre sans pitié.

Si la nuée de sauterelles passant sur nos têtes avait, comme je l'ai dit, obscurci le soleil, notre chasseur homme de lettres ne devait pas éclipser de même la renommée de Jules Gérard, de Delegorgue ou de Livingstone, à en juger du moins par ses apprêts et par son plan de campagne.

M. Oscar Verdier y mettait de la persistance. Malgré tout ce que l'interprète et moi nous avions pu dire, il s'obstinait à envisager l'hyène comme un ennemi redoutable, l'effroi des chasseurs du désert.

De fait, l'hyène est généralement réputée

un animal féroce, et il faut avouer qu'elle offre un aspect hideux.

Mais l'hyène est de beaucoup inférieure à son aspect et à sa réputation : son exploit le plus hardi, c'est d'attaquer un âne valétudinaire que la vieillesse ou l'épuisement ont séparé d'une caravane.

Mais avoir poétisé l'hyène au point d'en faire le symbole de la férocité, ce dut être une plaisanterie de quelque Orphée romantique postérieur au déluge, le même probablement qui fit manger le cœur de Prométhée par un vautour.

On peut faire à l'hyène, si par hasard on la rencontre, l'honneur d'un coup de pistolet ; mais personne ne s'avise jamais de monter une chasse en règle. Il faut pour cela n'avoir jamais fouillé d'autres forêts que les buissons de la plaine Saint-Denis, ou bien n'être qu'un homme de lettres, un faiseur de style.

Et la preuve que cette bête — je parle de l'hyène — ne vaut pas un coup de fusil, c'est que les Arabes la laissent se tuer elle-même. Voici de quelle façon.

On dispose un fusil chargé, qui, à l'aide

d'une branche d'arbre ou d'un levier : doit demeurer immobile. Un morceau de viande tient à une cordelette qui correspond au levier, ou bien, qui, tournant sur une autre branche un peu plus éloignée, revient se lier à la détente. Lorsque l'animal saisit la viande, il tire la corde en emportant la proie ; aussitôt le bras du levier ou la corde elle-même imprime le mouvement à la détente : le coup part, et l'hyène reçoit toute la charge dans la tête.

Telle est la chasse facile et peu bruyante en usage parmi les Arabes quand ils veulent se débarrasser de l'hyène ; mais ce n'est pas ainsi que M. Oscar Verdier avait conçu la sienne : il fallait donc la faire autrement.

La nuit était resplendissante d'étoiles. Nous nous tenions couchés sous les palmiers, fumant paisiblement la pipe ; le mouton, attaché à un pieu, à une faible distance, se débattait et bêlait d'une façon lamentable.

« Avec votre permission, dis-je à M. Oscar, je vais m'étendre sur la natte, m'envelopper de mon burnous, et m'endormir comme ont déjà fait votre interprète et le Bédouin. Pendant ce temps-là, vous pouvez étudier les constellations ou faire une ode si l'inspiration vous vient. Quand vous verrez l'hyène, je vous prie de m'éveiller. Bonne nuit. »

Les bêlements plaintifs du malheureux agneau me déchirèrent le timpan tant que je ne fus pas endormi.

L'Orient ne blanchissait pas encore les lueurs matinales de l'aube lorsque je m'éveillai.

Je promenai les regards autour de moi : M. Oscar Verdier dormait, Mohammed-Effendi dormait, le Bédouin dormait.

Je tournai les yeux vers l'endroit où nous avions attaché le pauvre mouton dont les plaintes m'avaient tant ému : le mouton dormait.

VIII

Conclusion.

Un mois plus tard, M. Oscar Verdier faillit être assassiné, à quelques lieues d'Alexandrie, par deux Grecs qui lui avaient promis de lui faire tuer une hyène magnifique.

Il y laissa, non pas sa vie, mais seulement sa bourse. Cette dernière aventure acheva de lui rendre insupportable le séjour d'une contrée qui déjà ne lui souriait qu'à demi. Il prit passage sur un vapeur qui faisait voile vers Stamboul.

Le navire lui fit traverser la Méditerranée et l'alla déposer sur les rives du Bosphore.

Mais avant de dire adieu à l'Egypte, M. Oscar avait porté plainte auprès du consul de France, sur la façon plus qu'impolie dont les deux Grecs, ses batteurs d'estrade, s'y étaient pris pour alléger sa ceinture et son porte-monnaie.

M. Oscar Verdier était chargé d'une mission en Orient : le consul jeta feu et flammes, et le pacha promit une réparation éclatante.

Pour ce faire, le pacha manda le directeur de la police, en lui annonçant que, si avant le milieu du jour il n'avait pas découvert les coupables, sa tête ne tiendrait pas plus longtemps sur ses épaules.

Le directeur de la police se le tint pour dit : il envoya saisir un fellah et le fit empaler immédiatement.

Le consul fut ainsi satisfait.

Il y a plusieurs années qu'un littérateur célèbre, désigné dans ces pages sous le pseudonyme d'Oscar Verdier, a publié un livre sur l'Orient. J'ignore s'il y raconte son entrée peu triomphale à Khankah sur le dos d'un dromadaire et s'il y célèbre également ses exploits cynégétiques ; je n'ai pas encore eu le temps ni la curiosité de le lire.

FIN

TABLE

— Lille. Typ. J. Lefort. 1877 —

A LA MÊME LIBRAIRIE

En envoyant le prix en un mandat sur la poste ou en timbres-poste, on recevra *franco* à domicile.

Algérie chrétienne (l'), par A. Egron. in-8°. . . 1 25

Afrique (l'), d'après les voyageurs les plus célèbres. in-12. » 85

Amérique (l'), d'après les voyageurs les plus célèbres. in-12. » 85

Asie (l'), d'après les voyageurs les plus célèbres. in-12. » 85

A travers l'Océanie, par Mme la Cesse Drohojowska. in-8°. 1 50

Australie (l'), esquisses et tableaux. in-12. . . » 60

Capitaine Lopez (le): épisode d'un voyage en Orient. in-12. » 85

Captifs de la deïra d'Abd-el-Kader (les). in-12. » 60

Fernand et Antony, par A. Dumesnil. in-12. . . 1 »

Frères d'armes (les), par Robert de Chalus. in-12. » 85

Ile des Naucléas (l'), par Mme Grandsard. in-8°. . 1 25

Impôt du sang (l'), par Marie Emery. in-12. . . » 60

Jeune Captif chez les Arabes (un). in-12. . . » 60

Nègres de la Louisiane (les), par Marie Emery. in-8°. 1 25

Océanie (l'), d'après les voyageurs les plus célèbres. in-12. » 85

Promenade historique et topographique en Algérie, par le Dr Audry. in-8°. 1 25

Scènes de la vie des Animaux. in-8°. 1 50

Traite des Nègres (la), par L. Endurau. in-12. . » 60

Voyages aux Montagnes rocheuses. in-12. . . 1 »

Youloff (les), par Perrin. in-12. . . . . . . 1 »

— LILLE. TYP. J. LEFORT. —

www.ingramcontent.com/pod-product-compliance
Ingram Content Group UK Ltd.
Pitfield, Milton Keynes, MK11 3LW, UK
UKHW020342250726
13967UKWH00005B/2083